Christian Jolibois
Christian Heinrich

W0363928

Les P'tites Poules sur l'île de Toutégratos

PKJ.

L'auteur

Fils caché d'une célèbre fée irlandaise et d'un crapaud d'Italie, **Christian Jolibois** est âgé aujourd'hui de 352 ans. Infatigable inventeur d'histoires, menteries et fantaisies, il a provisoirement amarré son trois-mâts *Le Teigneux* dans un petit village de Bourgogne, afin de se consacrer exclusivement à l'écriture. Il parle couramment le cochon, l'arbre, la rose et le poulet.

L'illustrateur

Oiseau de grand travail, racleur d'aquarelles et redoutable ébouriffeur de pinceaux, **Christian Heinrich** arpente volontiers les immenses territoires vierges de sa petite feuille blanche. Il travaille aujourd'hui à Strasbourg et rêve souvent à la mer en bavardant avec les cormorans qui font étape chez lui.

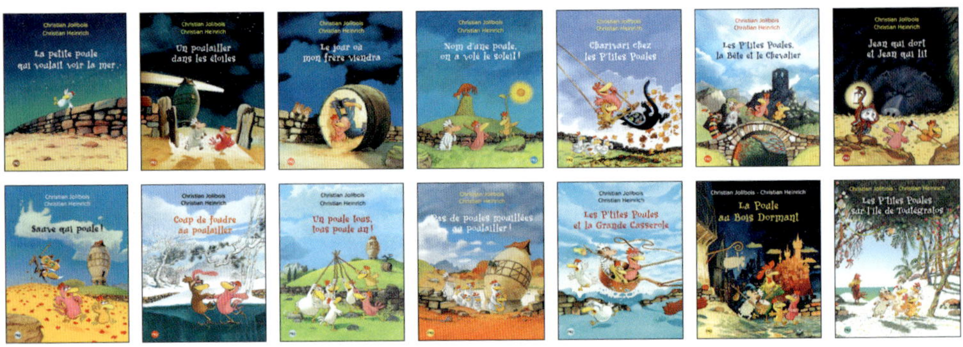

Loi n° 49-956 du 16 juillet 1949 sur les publications destinées à la jeunesse: octobre 2016.

ISBN: 978-2-266-26511-9
Achevé d'imprimer en France par Pollina, 85400 Luçon – n° L77857
Dépôt légal: octobre 2016

À ma petite Juliette, notre soleil 2015.

(Coq Papi)

Pour Ana, Louise, Gabin et leur « Tata » d'amour.

(C. Heinrich)

Pour Carmen, Carmélito et tous leurs copains,
l'hiver a été long.
Les petites poules ont claqué du bec.
À cause des privations,
elles sont devenues un peu maigrelettes, nos poulettes.
– Vous avez besoin de vous remplumer,
dit Pédro le Cormoran.
Je vous emmène au bord de la mer !

Après avoir dégusté coquillages et crustacés
sous un soleil radieux de printemps,
les P'tites Poules suivent attentivement
les cours de plongeon de leur maître nageur.
Enfin… sauf Coquenpâte,
qui préfère embêter un plus petit que lui.

Depuis le plongeoir,
Carmélito s'élance le premier, tête baissée.
– Ce qu'il est fort, mon frère !
s'exclame Carmen
en le voyant disparaître
dans l'eau salée.

Sur le rivage, Bélino le petit bélier commence à s'inquiéter.
Voilà un bon moment que Carmélito aurait dû remonter.

Soudain, dans une gerbe d'écume,
le jeune plongeur refait surface.
Lorsque sa tête jaillit de l'eau, c'est la débandade :

Un monstre !!! Sauve qui poule !!!

Pédro les rassure :
– Cette étrange bestiole à ventouses est un poulpe.
Une créature inoffensive… mais un peu collante.

Toutes les tentatives pour débarrasser Carmélito
de « la Glu » restent vaines.

Coquenpâte, Bangcoq et Molédecoq
n'ont jamais rien vu d'aussi drôle.

– Ha ! ha ! ha ! Enlève ton masque, Poulpman.
On t'a reconnu !
– Poulpman, la terreur des bigorneaux ! Ha ! ha ! ha !

Carmélito, qui enrage de ne pouvoir leur répondre,
se sent humilié.
La crête rouge de honte, il préfère s'enfuir.

Bélino, Coquillette, Coquenpâte et Carmen partent à sa recherche.
– Allez ! Sors de ta cachette, Carmélito !
– Arrête de faire la tête, Carmélito ! C'était pour rire…
– T'es là, Poulpman ? insiste lourdement Coquenpâte.

La joyeuse bande s'enfonce dans la grotte.
– Pouah ! C'est plein d'algues, se plaint Coquillette.
Je suis allergique aux aaaalgues !

Carmen tente de réconforter son frère :
– Ignore-le, Carmélito. Il va finir par se lasser.

C'est alors qu'une voix grave se fait entendre :
– Mesdames et messieurs, vous avez pris place à bord de la coquille *Odyssée* à destination de l'île de Toutégratos. Accrochez-vous… !!!

Les P'tites Poules sont malmenées, secouées comme des pruniers durant d'interminables minutes.

Carmélito et ses copains se retrouvent pris au piège.
La coquille se met à vibrer
tandis que monte un sifflement strident…
– J'veux sortir ! pleurniche Coquillette.
Je suis allergique aux fruits de meeeer !

Soudain, c'est le silence.
Une chaude lumière pénètre dans l'habitacle
sous les yeux de nos amis abasourdis.

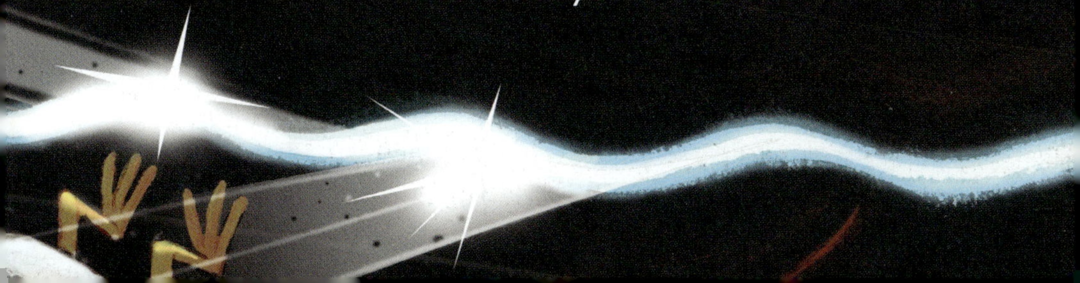

Pendant ce temps,
Pédro, qui n'a pas remarqué leur absence,
apprend aux enfants l'art difficile
des nœuds marins.

– Vous êtes arrivés ! dit la voix grave.
Tout le monde descend !
Amusez-vous ! Faites les fous !
Profitez, les petits amis ! Ici, tout est gratuit !

Avant qu'ils aient le temps de dire ouf,
les passagers sont éjectés de la coquille.
C'est le grand saut en terre inconnue…

À cause du poulpe, Carmélito ne peut rien dire
mais il n'en pense pas moins :
« Nom d'une coquille ! Je n'aime pas ça du tout.
On était dans une grotte
et on se retrouve sur cette drôle d'île...
Bizarre, bizarre... »

– Incroyable ! s'écrie Coquenpâte.
Ces dunes, ce n'est pas du sable, mais... ? Mais... ?
– Du pop-corn ! s'écrie Carmen.
Aussitôt, ils se jettent dessus comme des gloutons.
C'est de la folie !
– Mmm ! Crunch ! crunch ! Que ché bon !

Partout, ce ne sont que cadeaux, friandises et surprises.
Ils ne savent plus où donner du bec.

Dégoûté, Carmélito qui ne peut participer à la fête s'éloigne en ronchonnant.

Bélino ne sait plus où donner des yeux.
– Là-bas ! et… là-bas ! et encore là-bas !
Des jeux ! Des dizaines et des centaines de jeux !
Quel pays merveilleux !

Cette contrée incroyable,
c'est un de ces pays fabuleux comme il y en avait jadis.
Une terre d'abondance et de fêtes continuelles
où jamais on ne travaille !
Une sorte de paradis où on passe son temps à jouer,
manger et dormir.
Certains grincheux affirment que ces pays n'existent pas.
La preuve que si !

Les P'tites Poules n'ont jamais été à pareille fête.
Ça rit ! Ça piaille ! Ça glousse !
Gavées, grisées, elles ne voient pas le temps passer.

Au bas du toboggan, deux gentilles créatures
les accueillent : Cagne et Cocagne.
– Bienvenue chez nous, les enfants !
– Vous vous amusez bien ?

– Oh, ouiiii ! répondent en chœur les enfants.
– Eh bien, vous serez nos invités
aussi longtemps que vous voudrez, leur dit monsieur Cocagne.
Profitez ! Abusez ! Tout est gratuit !
– Nous aimons tant les petits, ajoute madame Cagne
en les couvant d'un doux regard.

Carmen les remercie chaleureusement.
– J'ai tellement joué que je ne sens plus mes paaaattes,
geint Coquillette.
– Hoooo, mes pauvres trésors, les plaint monsieur Cocagne.
Vous devez être fatigués ! Montez sur notre dos.

Carmen, Bellino, Coquillette et Coquenpâte sont emportés joyeusement dans les airs par leurs charmants hôtes.
Ils survolent collines de pop-corn et cascades de menthe à l'eau glacée à perte de vue.

– Les copains !
Je vole…, s'émerveille le petit bélier.
– Ça plane pour moi ! reprennent en riant les P'tites Poules au comble du bonheur.

Au détour d'un vallon surgit une grande bâtisse.
– Mes enfants ! C'est ici qu'on fabrique le pop-corn, les allèchent Cagne et Cocagne. Venez visiter.

– Cette machine fonctionne jour et nuit, explique le père Cocagne.
– Uniquement par amour des tout-petits, dit la mère Cagne d'une voix suave. Allez, mangez ! ajoute-t-elle en offrant à chacun un pot de pop-corn tout chaud. C'est cadeau !

La petite bande ne peut s'empêcher de bâiller.
Voilà des heures qu'ils jouent et se régalent.
Ils se sentent soudain bien fatigués.

La mère Cagne et le père Cocagne leur proposent :
– Pourquoi ne pas faire une petite sieste, mes trésors ?
Une fois reposés, vous pourrez jouer à nouveau…

Carmélito arrive à son tour devant la fabrique.
« Bingo ! se réjouit le petit poulet. Je vais sans doute dénicher ici un outil pour me libérer de cet idiot de poulpe.
Ensuite, j'irai retrouver ma sœur et les copains au pied du mât de cocagne. »

«Mmm, la bonne odeur de pop-corn !
Quel supplice de ne pas pouvoir en manger»,
enrage Carmélito.

Soudain, il croit reconnaître des crêtes familières
dépassant de l’édredon.

Pour en avoir le cœur net,
il ouvre le lit et…

Ce qu'il découvre lui glace le sang :
sa sœur Carmen et ses copains tout petits petits, riquiqui, réduits à la taille d'un jouet.

À cause du poulpe, son cri d'effroi lui reste dans le gosier.

C'est plus que ne peut supporter le pauvre Carmélito.
Mort de peur, il fuit cette scène de cauchemar.

Au petit matin, il est tiré de sa torpeur
par un sympathique cabot : Robinson.
Ses maîtres voulaient en faire un chien de berger.
Lui rêvait de devenir chien de chasse.
Alors, les vilains l'ont abandonné sur cet îlot.
– Oh ! oh ! s'écrie le brave toutou. Un naufragé empoulpé.
Vite ! Délivrons-le.

Quelques gouttes de jus de citron suffisent
pour que le poulpe desserre ses huit bras et qu'aussitôt
Carmélito retrouve l'usage de son bec.

– Salut, poulet ! Je peux faire autre chose pour toi ?
Carmélito a la tête qui tourne.
Il est sur le point de tomber dans les pommes.

– Man… ger… Man… ger…, réussit-il à articuler.
Et il se jette voracement sur le pop-corn.

– Ne fais pas ça ! aboie Robinson.

L'étrange toutou lui apprend que ces grains de maïs soufflés sont empoisonnés. Celui qui a le malheur d'en manger se met bientôt à rapetisser, rapetisser… jusqu'à devenir une petite chose bien tendre.

– Tiens, mange plutôt ça ! C'est du bon ! dit le chien en lui tendant un vieux nonos sorti de sa musette.

– Les montagnes de pop-corn et les jeux gratuits servent d’appâts. Un couple de monstres, Cagne et Cocagne, attire ainsi les enfants.

– Pour quoi faire ? demande Carmélito en tremblant.

Au lieu de répondre, Robinson épaule brusquement son bâton et vise le ciel.

– Euh… tu fais quoi ? s'étonne le poulet.
– Je chasse les idées noires, mon p'tit gars.
Carmélito, troublé, repose sa question :
– Pourquoi ces gens attirent-ils les enfants ?
– C'est simple ! répond le chien.
Pour les transformer en mignons bébés à croquer…
Ensuite ils les bouffent !!!

En entrant dans la pop-cornerie,
Carmélito pousse un immense soupir de soulagement.
Il imaginait sa petite sœur croquée,
il trouve la poule au pot.

« D'abord, empêcher les deux dévoreurs d'enfants
de nuire », pense Carmélito.

Une idée vient de germer sous sa crête.

– Je vais vous faire passer le goût du poulet, moi!
Ces grains de maïs font rapetisser?
Eh bien, au sortir de votre sommeil,
vous aurez la surprise de votre vie,
ajoute-t-il en gloussant.

Bien réveillés, les bambins découvrent
un nouveau jeu rigolo :
le tir à l'élastique.

C'est panique à la nurserie!
– Arrêtez, petits malheureux, moins fort! Silence!
La mère Cagne et le père Cocagne vont vous entendre!

Il faut partir d'ici.
Mais Carmélito peine à rassembler son petit monde.
Les bébés sont déchaînés.
– Carmen ! Ici tout de suite… Coquenpâte ! Bélino !
Cessez de faire les andouilles.
Coquillette ! Tu vas voir si je t'attrape. Pfffff !

Après un dur combat,
leur sauveteur les arrache de l'antre des croqueurs d'enfants,
tandis que le poulpe surveille leurs arrières.

Hélas, arrivé au pied du mât de cocagne,
Carmélito découvre que le poteau est enduit de savon.
Impossible d'y grimper !

« On ne va pas échouer si près du but... », enrage le petit poulet.

– La Glu ! s'écrie-t-il soudain.
Mon inséparable la Glu...
Mon ami la Glu...
Cher Pot de Colle,
tu vas être notre sauveur !

Transformé en grappin, le poulpe est lancé au sommet du mât. Grâce à ses deux rangées de ventouses, il s'arrime fermement.

– Allez, zou ! Fermez les yeux, les loupiots !
Oh ! hisse ! Oh ! hisse !
Carmélito et son précieux chargement atteignent sans peine le gros coquillage.

La voix grave résonne de nouveau :
– Bienvenue à bord de la coquille *Odyssée*.
J'espère que vous avez effectué un agréable séjour sur l'île de Toutégratos.
Accrochez-vous… On rentre !!!

Au même moment, à la pop-cornerie…

Les passagers sont à nouveau secoués,
ballottés en tous sens,
mais cette fois dans la joie et la bonne humeur.

Durant le voyage,
les effets du pop-corn se dissipent.
À l'arrivée, tous ont retrouvé leur taille réelle.

– Mes grands ! s'écrie Carmélito
en les serrant dans ses bras.

Coquenpâte retourne discrètement dans la coquille
pour engloutir le pop-corn resté au fond du pot.
– Crunch.... Crunch... C'est trop bon !
se pâme le gros gourmand.

– On n'a pas rêvé ? dit Bélino, des étoiles plein les yeux.
On est bien allés dans un pays
où on pouvait jouer sans s'arrêter ?
– Et manger toute la journée ! poursuit Coquenpâte,
le bec encore poisseux de pop-corn.
– Et gratuitement ! glousse la petite Carmen.
– Allons rassurer Pédro le Cormoran,
il a dû se faire un sang d'encre.

Carmélito, lui, ne dit rien.
À quoi bon briser le rêve de ses amis ?

Seuls le poulpe et le petit poulet sauront la vérité sur l'île et ses terribles dangers.

– Tu nous as sauvé la vie deux fois ! le remercie Carmélito. D'abord en me clouant le bec. Ensuite en faisant le grappin.

Le poulpe cligne des yeux comme pour dire : « Oh, c'est rien ! Tu aurais fait la même chose ! »

Puis, après un dernier salut, son nouveau copain à huit branches retourne dans la grande bleue.

– Eh !...

Je ne sais même pas ton nom !?!

Toute la classe de mer laisse éclater sa joie
en voyant réapparaître les disparus.
– On était inquiets ! Vous étiez où ?
– Sur l'île de Toutégratos ! leur répondent les explorateurs.
Un paradis où on passe son temps à jouer, manger et dormir.
– Wouaaaah la chance ! s'écrient les autres petites poules.
– Asseyez-vous, on va vous raconter !

« Pffff, se dit Carmélito. Pour quelque chose de gratuit, ça a failli nous coûter cher ! »
C'est alors qu'il aperçoit Coquenpâte qui, à peine de retour, s'en prend déjà à plus petit que lui.

Soudain…

CLAC!
CLAC!
Hé! Hé! Hé!
– Piiiiiioooouuuu!!!